COLLECTION

DE

M. Eugène de MILLER

DE VIENNE

CATALOGUE

DE

TABLEAUX

Formant la Collection de M. Eugène de MILLER

DE VIENNE

AU NOMBRE DESQUELS ON REMARQUE :

DIX PANNEAUX PAR J.-B. TIEPOLO

OEuvres importantes faites par l'artiste pour décorer le grand salon du palais Dolfin, à Venise.

DANS L'ÉCOLE MODERNE :

Dix-huit Tableaux par Auguste PETTENKOFEN

SIX PAR TROYON

Un Paysage par COUTURE

Le Marché aux poissons par E. ISABEY

SUITE INTÉRESSANTE D'AQUARELLES PAR RODOLPHE ALT

Vues prises en Italie et en Dalmatie.

DONT LA VENTE AURA LIEU

HOTEL DROUOT, SALLE N° 1

Le Samedi 15 Avril 1876,

A DEUX HEURES.

Par le ministère de Mᵉ **CHARLES PILLET**, Commissaire-Priseur,
10, rue de la Grange-Batelière ;

Assisté de **M. FÉRAL**, Peintre-Expert, 54, rue du Faubourg-Montmartre.

Chez lesquels se trouve le présent catalogue.

EXPOSITIONS
PARTICULIÈRE : le Jeudi 13 Avril 1876.
PUBLIQUE : le Vendredi 14 Avril 1876.
DE UNE HEURE A CINQ HEURES

TABLEAUX ANCIENS

DÉSIGNATION

TABLEAUX ANCIENS

TIEPOLO

(JEAN-BAPTISTE)

Dix magnifiques panneaux peints par l'artiste
pour décorer le grand salon du palais Dolfin
à Saint-Pantaléon, à Venise.

1 — Le Siége de Palmyre.

> Une bataille a lieu en dehors des remparts que
> l'on aperçoit dans le fond ; au premier plan, des
> guerriers montés sur leurs chevaux se livrent un
> combat acharné, plusieurs gisent étendus sur le
> sol.
>
> Toile. Haut., 4 m. 80 cent.; larg., 3 m. 70 cent.

(PENDANT DU PRÉCÉDENT)

2 — **Assaut et prise de Palmyre**.

De fortes brèches sont faites au rempart, les soldats dressent leurs échelles, se disposant à tenter l'assaut; au premier plan, à droite, des officiers supérieurs montés sur des chevaux donnent les ordres.

Toile. Haut., 4 m. 80 cent.; larg., 3 m. 70 cent.

3 — Rentrée triomphale d'Aurélien après la guerre d'Asie.

Le vainqueur est monté sur un char traîné par quatre chevaux ; un prisonnier couvert d'une cuirasse marche enchaîné devant lui ; à droite et à gauche, des soldats chargés de butin, les uns portant des statues, d'autres des vases d'or.

Toile. Haut., 4 m. 80 cent.; larg., 3 m. 70 cent.

4 — Autre entrée triomphale d'Aurélien.

Le conquérant est monté sur un char doré traîné par deux éléphants ; il est suivi de son armée et du peuple qui marchent à ses côtés.

Toile. Haut., 5 m. 60 cent. ; larg., 3 m. 30 cent.

5 — Cincinnatus arraché à ses travaux rustiques par les envoyés du Sénat romain qui l'a nommé dictateur.

Il quitte la charrue; un vieux guerrier lui présente le bâton du commandement; un page lui apporte son casque.

Toile. Haut., 4 m. 46 cent.; larg., 2 m. 30 cent.

**6 — Mucius Scœvola, devant Porsenna, roi des
Etrusques, plongeant sa main dans le feu.**

Toile. Haut., 4 m. 40 cent.; larg., 4 m. 30 cent.

**7-10 — Quatre compositions ayant trait à l'his-
toire romaine.**

Mesures des deux premiers : haut., 4 m. 40 cent.; larg., 2 m. 30 cent.

Mesures des deux derniers : haut., 4 m. 10 cent.; larg., 4 m. 80 cent.

COUTURE

(THOMAS)

11 — Le jardin de l'artiste.

Un homme qui a tendu un filet se prépare à y prendre un oiseau.

Signé du monogramme et daté 1857.

Toile. Haut., 41 cent.; larg., 60 cent.

DUPRÉ

(JULES)

11 *bis*. — Paysage coupé par un cours d'eau.

Toile. Haut., 60 cent.; larg., 98 cent.

ISABEY

(EUGÈNE)

12 — Le marché au poisson.

Au centre, une marchande cause avec une jeune dame ; deux petites filles regardent des poissons dans une auge.

Signé.

Bois. Haut., 35 cent.; larg., 52 cent.

PETTENKOFEN

(AUGUSTE)

13 — Place du marché à Szolnok (Hongrie.)

Des bœufs dételés attendent auprès d'une char-
rette.

Signé en toutes lettres.

Bois. Haut., 10 cent.; larg., 17 cent.

PETTENKOFEN

(AUGUSTE)

14 — Place du marché à Szolnok.

Trois ânes dételés mangent le fourrage que le
charretier a mis dans un sac et a attaché au timon
de son chariot.

Signé et daté 1874.

Bois. Haut., 10 cent.; larg., 17 cent

PETTENKOFEN

(AUGUSTE)

15 — Marché de Szolnok.

De nombreux villageois circulent ou stationnent groupés devant des boutiques en plein vent qui se trouvent sur la place.

Signé et daté 74.

Bois. Haut., 9 cent.; larg , 16 cent.

PETTENKOFEN

(AUGUSTE)

16 — Le marché à Szolnok.

Des marchandes ont exposé sur le sol des fruits, des légumes, et elles attendent, abritées du soleil sous de larges parasols bleus et verts.

Signé et daté 74.

Bois. Haut., 9 cent.; larg., 16 cent.

PETTENKOFEN

(AUGUSTE)

17 — Le marché à Szolnok.

Des marchandes de légumes s'abritent du soleil
sous de larges parasols bleus et jaunes.

Signé et daté 74.

Bois. Haut., 9 cent.; larg., 16 cent.

PETTENKOFEN

(AUGUSTE)

18 — La place du marché à Szolnok.

Sur le devant, des chevaux dételés ; à droite et
vers le fond sont groupés de nombreux villageois.

Signé.

Bois. Haut., 10 cent.; larg., 17 cent

PETTENKOFEN

(AUGUSTE)

19 — Vieille femme lisant.

Petit tableau peint à Venise et daté 1873.

Bois. Haut., 17 cent.; larg., 10 cent.

PETTENKOFEN

(AUGUSTE)

20 — Vieille femme en buste.

Bois. Haut. 00 cent.; larg., 00 cent.

PETTENKOFEN

(AUGUSTE)

21 — Vieille femme se mouchant.

Petit tableau peint à Venise et daté 1874.

Bois. Haut., 15 cent.; larg., 9 cent.

PETTENKOFEN

(AUGUSTE)

22 — Jeune fille agenouillée dans une église.

Signé et daté 28 mai 1874.

Bois. Haut., 13 cent.; larg., 21 cent.

PETTENKOFEN

(AUGUSTE)

23 — Jeune fille debout, occupée à lire.

Daté 5 mai 74.

Bois. Haut., 17 cent.; larg., 9 cent.

PETTENKOFEN

(AUGUSTE)

24 — La place du marché à Szolnok.

Au centre, des bœufs et des chevaux au repos ;
dans le fond, des villageois.

Bois. Haut., 9 cent.; larg., 16 cent.

PETTENKOFEN

(AUGUSTE)

25 – Un angle de la place du marché à Szolnok.

A droite et à gauche, des chariots attelés de deux chevaux ; dans le fond, de nombreux villageois.

Signé et daté 74.

Bois. Haut., 9 cent.; larg., 16 cent.

PETTENKOFEN

(AUGUSTE)

26 — Autre vue de la place du marché à Szolnok.

Sur le devant, des chevaux dételés au repos ; dans le fond, des villageois.

Signé et daté 74.

Bois. Haut., 10 cent.; larg., 17 cent.

PETTENKOFEN

(AUGUSTE)

27 — Cour de ferme près Szolnok.

Au centre, une femme donne du grain à des poules.

Signé.

Bois. Haut., 13 cent.; larg., 20 cent.

PETTENKOFEN

(AUGUSTE)

28 — Clocher et village de Szolnok.

Signé et daté 74.

Bois. Haut., 10 cent.; larg., 17 cent

PETTENKOFEN

(AUGUSTE)

29 — Fleurs dans un vase en faïence posé sur l'angle d'un meuble près duquel voltigent deux papillons.

Signé et daté 74.

Bois. Haut., 17 cent.; larg., 9 cent

TROYON

(CONSTANT)

30 — Troupeau de moutons dans un paysage.

Au premier plan, des moutons au repos groupés auprès d'un saule en partie dépouillé de ses feuilles; ciel nuageux.

Charmant tableau d'une exécution ferme, d'un ton chaud et vigoureux.

Signé en toutes lettres.

Bois. Haut., 26 cent.; larg., 21 cent.

TROYON

(CONSTANT)

31 — Une vache et un âne dans une prairie.

Superbe et vigoureuse étude provenant de la vente après décès de l'artiste.

Toile. Haut., 36 cent.; larg. 45 cent.

TROYON

(CONSTANT)

32 — Troupeau de moutons dans un bois.

Très-belle étude d'un ton doux et harmonieux, provenant de la vente après décès de l'artiste.

Bois. Haut. 29 cent.; larg., 43 cent.

TROYON

(CONSTANT)

33 — Moutons au pâturage.

Belle étude provenant de la vente après décès de l'artiste.

Bois. Haut., 30 cent.; larg., 40 cent.

TROYON

(CONSTANT)

34 — Vaches au pâturage.

Etude sur carton provenant de la vente après décès de l'artiste.

Haut., 23 cent.; larg., 26 cent.

TROYON

(CONSTANT)

35 — Maison de paysan au bord d'un étang.

Etude provenant de la vente après décès de l'artiste.

Carton. Haut., 26 cent.; larg., 35 cent.

ZIEM

35 *bis.* — **Cour et porte voûtée de maison véni-
tienne.**

Bois. Haut., 50 cent.; larg., 38 cent.

AQUARELLES

AQUARELLES

ALT

(RODOLPHE)

36 — Le panthéon d'Agrippa à Rome.

Aquarelle signée et datée : Rome, 10 mars 1867.

Haut., 37 cent.; larg., 53 cent.

ALT

(RODOLPHE)

37 — Rochers au bord de la mer.

Vue prise à Amalfi.

Aquarelle faite par l'artiste en 1835.

Haut., 27 cent.; larg., 38 cent.

ALT

(RODOLPHE)

38 — Le quai Sainte-Lucie à Naples.

Aquarelle datée 7 octobre 67.

Haut., 35 cent.; larg., 57 cent.

ALT

(RODOLPHE)

39 — Le portail de la cathédrale de Trau en Dalmatie.

Aquarelle signée et datée, 22 septembre 1835.

Haut., 40 cent.; larg., 31 cent.

ALT

(RODOLPHE)

40 — Le palais de Dioclétien à Spalato, Dalmatie.

Aquarelle signée et datée, 6 septembre 1840.

Haut., 32 cent.; larg., 33 cent.

ALT

(RODOLPHE)

41 — La cour du Capitole à Rome.

Aquarelle faite en 1840.

Haut., 38 cent.; larg., 31 cent.

ALT

(RODOLPHE)

42 — Ruines sur la Via Baccina à Rome.

Haut., 43 cent.; larg., 33 cent.

ALT

(RODOLPHE)

43 — Le palais de Dioclétien à Spalato en Dalmatie.

Vue prise sur la petite place.
Aquarelle datée septembre 1841.

Haut., 35 cent.; larg., 43 cent.

ALT

(RODOLPHE)

44 — Petite place à Palerme.

Aquarelle datée 25 juin 1867.

Haut., 41 cent.; larg.. 47 cent.

ALT

(RODOLPHE)

45 — Via di Macel de Corvi à Rome.

Aquarelle datée 13 sept. 1867.

Haut.. 40 cent ; larg.. 30 cent.

ALT

(RODOLPHE)

46 — Rochers et pêcheurs au bord de la mer.

Vue prise à Amalfi.

Haut., 27 cent.; larg., 37 cent.

ALT

(RODOLPHE)

47 — La cathédrale de Sebenico en Dalmatie.

Daté 4 sept. 1841.

Haut., 35 cent.; larg., 43 cent.

ALT

(RODOLPHE)

48 — La cour du couvent de Saint-Remi à Palerme.

Aquarelle signée et datée 15 août 1867.

Haut., 38 cent.; larg., 58 cent.

ALT

(RODOLPHE)

49 — La Via Baccina à Rome.

Aquarelle datée 18 décemb. 1865.

Haut., 50 cent.; larg., 43 cent.

ALT

(RODOLPHE)

50 — **Une rue à Gmunden (Autriche).**

Haut., 00 cent.; larg., 00 cent.

ALT

(RODOLPHE)

51 — **Une fontaine à Lucerne (Suisse).**

Aquarelle datée 16 octobre 1868.

Haut., 36 cent.; larg., 29 cent.

ALT

(RODOLPHE)

52 — **Porta Felice à Palerme.**

Aquarelle datée 18 juillet 1867.

Haut., 38 cent.; larg., 53 cent.

ALT

(RODOLPHE)

53 — Jasiek Zisolinsky, restaurateur de faïence à Dzianisz (Gallicie).

Aquarelle faite par l'artiste en 1835.

Haut., 00 cent.; larg., 00 cent.

ALT

(RODOLPHE)

54 — Porteuse d'eau en Gallicie.

Aquarelle datée 1835.

Haut., 15 cent.; larg., 12 cent.

RED. :

21

graphicom

MIRE ISO N° 1
NF Z 43-007
AFNOR
Cedex 7 - 92 080 PARIS LA DÉFENS :

0 1 2 3 4 5 6 7 8 9 10

BIBLIOTHEQUE NATIONALE DE FRANCE

****

CHATEAU DE SABLE

1995